Historias
de miedo
1

Relatos escalofriantes para contar en la oscuridad

PUNTO

DE

ENCUENTRO

Recogidas del folclore norteamericano por

Alvin Schwartz

Ilustrado por Stephen Gammell

Historias de miedo 1

Relatos escalofriantes para contar en la oscuridad

EVEREST

Dirección Editorial: Raquel López Varela
Coordinación Editorial: Ana María García Alonso
Maquetación: Cristina A. Rejas Manzanera

Título Original: *Scary Stories to Tell in the Dark*
Traducción: Alberto Jiménez Rioja
Diseño de cubierta: Jesús Cruz

Text copyright © 1981 by Alvin Schwartz
Illustrations copyright © 1981 by Stephen Gammell
© EDITORIAL EVEREST, S. A.
Carretera León-La Coruña, km 5 - LEÓN
ISBN: 84-241-8662-1
Depósito legal: LE. 933-2003
Printed in Spain - Impreso en España

EDITORIAL EVERGRÁFICAS, S. L.
Carretera León-La Coruña, km 5
LEÓN (España)
www.everest.es

"La cosa" es una adaptación de una historia sin título de *Blunose Ghosts*, Helen Creighton, con
permiso de McGraw-Hill Ryerson Ltd., Toronto. © 1957 by The Ryerson Press.
   "La casa embrujada" es una adaptación de la historia con el mismo título de *American Folk Ta-
les and Songs*, Richard Chase, con permiso de Dover Publications. © Richard Chase, 1971by Dover
Publications.
   "Los huesos de Aarón Kelly" es una adaptación de "Daid Aaron II" en *Doctor to the Dead*, John
Bennete, con permiso de Russell & Volkening, Inc., y los agentes del autor. © 1943, 1971 by Mr.
Bennett.
   "¡Átame 'sa mosca po' e' 'abo!" es una adaptación del cuento "The Rash Dog and the Bloody
Head", que aparece en el *Hoosier Folklore Bulletin*, vol. 1. 1942. Usado con permiso de Dr. Herbert
Halpert, recopilador del cuento.
   "Cocdrilos" es una adaptación de "The Alligator Story" en *Sticks in the Knapsack and Other
Ozark Folk Tales*, Vance Randolph con permiso de Columbia University Press. © 1958 by the Co-
lumbia University Press.
   "El lobo blanco" es una adaptación de la historia del mismo título en *The Telltale Lilac Bush and
Other West Virginia Ghost Tales*, Ruth Ann Musick, con el permiso de University of Kentucky Press.
© 1965 by the University of Kentucky Press.
   "Un caballo nuevo" es una adaptación del cuento "Briding the Witch" en *Up Cushin and Down
Greasy: The Couches' Tales and Songs* (reprinted as *Sang Branch Settlers: Folksongs and Tales of an Eastern
Kentucky Family*), Leonard W. Roberts con permiso de Dr Roberts. © 1980 by Leonard W. Roberts.
   Las partituras aparecidas en el libro fueron transcritas e ilustradas por Melvin Widberger.

Para Dinah

Cosas extrañas y terroríficas

Los pioneros solían entretenerse contándose historias de miedo. Por la noche se reunían en la cabaña de alguien, o en torno a un fuego y competían a ver quién metía más miedo a los demás.

Hay chicos y chicas que en pueblos o ciudades hacen hoy lo mismo. Se reúnen en la casa de alguien, apagan las luces, preparan palomitas y se asustan todo lo que pueden unos a otros.

Contar historias de miedo es algo que la gente ha hecho durante miles de años, porque a la mayoría de nosotros nos gusta que nos asusten de esa forma. Como no hay ningún peligro, lo consideramos divertido.

Y hay muchas historias de miedo estupendas que se pueden contar. Hay historias de fantasmas, historias de brujas, de demonios, de hombres del saco, de zombis y de vampiros. Hay historias de criaturas monstruosas y de otros seres maléficos. Hay incluso historias que nos hacen reír de miedo.

Algunas de estas historias son muy antiguas y se cuentan en distintos lugares del mundo. La mayor parte tiene el mismo origen: se basan en cosas que la gente oyó o vio o experimentó… o creyó que así fue.

Hace muchos años un joven príncipe se hizo famoso por una historia de miedo que empezó a contar, pero que nunca terminó. Se llamaba Mamilio, y tenía probablemente unos nueve o diez años. William Shakespeare habló de él en *Cuento de invierno*.

Era un oscuro día de invierno cuando su madre, la reina, le pidió un cuento.

—En invierno es mejor un cuento triste —dijo él—. Me sé uno de duendes y gnomos.

—Haz todo lo que puedas para asustarme con tus duendes —contestó la reina—. Eso lo haces muy bien.

—Te lo contaré en voz baja —respondió él—. Así los grillos de ahí cerca no lo oirán.

Y Mamilio comenzó:

—Había una vez un hombre que vivía junto a un cementerio.

Pero sólo llegó hasta aquí, porque, en ese momento entró el rey, agarró a la reina y se la llevó, y al poco tiempo murió Mamilio. Nadie sabe cómo hubiera terminado su historia. Si la tuvieras que continuar; ¿cómo sería?

La mayor parte de las historias de miedo son, no cabe duda, historias para ser contadas. Dan más miedo de esa forma, pero el modo en el que las cuentas es muy importante.

Como bien sabía Mamilio, el mejor modo de contarlas es en voz baja, de forma que quienes te oyen tengan que inclinarse hacia ti para enterarse de lo que dices, y hablar lentamente para que tu voz les dé miedo.

El mejor momento para contar estas historias es por la noche. En la temible oscuridad es fácil para alguien que escucha imaginarse toda clase de cosas extrañas y terroríficas.

Princeton, New Jersey
Alvin Schwartz

¡Aaaaaaaaaaah!

Este capítulo está tan lleno de "historias para saltar", que puedes utilizarlo para que tus amigos SALTEN del susto.

El dedo gordo del pie

Un niño estaba cavando en los límites de su jardín cuando vio un enorme dedo gordo. Intentó tirar de él, pero estaba unido a algo, así que tiró con todas sus fuerzas hasta que se quedó con el dedo en la mano. En ese momento oyó que algo gruñía y que se alejaba arrastrándose. El niño llevó el dedo a la cocina y se lo mostró a su madre. Ésta dijo:

—Qué gordito y qué bueno parece. Lo echaré al puchero y nos lo comeremos para cenar.

Esa noche el padre dividió el dedo en tres trozos y cada miembro de la familia se comió el suyo. Luego lavaron los platos y cuando oscureció se acostaron.

El niño se durmió casi inmediatamente. Pero en mitad de la noche algo le despertó. Era un sonido que venía de la calle. Era una voz ronca y le llamaba.

—¿Dónde está mi de-e-e-e-do? —gemía.

Cuando el niño lo oyó se asustó muchísimo pero pensó: "no sabe dónde vivo, nunca me encontrará".

Entonces oyó la voz una vez más, pero esta vez más cerca:

—¿Dónde está mi de-e-e-e-do? —clamaba.

El niño se tapó la cabeza con la manta y cerró los ojos. "Me dormiré", pensó, "y cuando me despierte se habrá ido".

Pero al poco oyó la voz en la puerta trasera de la casa. De nuevo decía:

—¿Dónde está mi de-e-e-e-do? —lloraba.

El niño oyó entonces pasos que atravesaban la cocina, llegaban al recibidor, entraban en el cuarto de estar y empezaban a subir lentamente las escaleras.

Iban acercándose más y más: pronto llegaron al rellano y avanzaron hasta detenerse ante su puerta.

—¿Dónde está mi de-e-e-e-do? —se lamentaba.

Se abrió la puerta de su habitación. Temblando de miedo, oyó cómo los pasos avanzaban lentamente en la oscuridad hacia su cama. Entonces se detuvieron.

—¿Dónde está mi de-e-e-do? —imploró.

(Cuando llegues aquí, haz una pausa y luego salta hacia quien esté más cerca de ti y grita):

"¡¡LO TIENES TÚ!!".

El dedo gordo del pie tiene otro final.

Cuando el niño oye la voz que reclama el dedo del pie, encuentra una criatura de extraño aspecto en la chimenea. El niño está tan aterrorizado que no puede moverse. Se queda congelado allí, mirándola.

Por último pregunta:

—¿Por qué tienes esos ojos tan grandes?

Y la criatura contesta:

—¡Para mirarte mejor!

—¿Por qué tienes esas garras tan grandes?

—¡Para cavar tu tumba!

—¿Por qué tienes esa boca tan grande?

—¡Para tragarte entero!

—¿Por qué tienes esos dientes tan afilados?

—¡PARA TRITURARTE LOS HUESOS!

(Y cuando digas esta última frase salta encima de alguno de tus amigos.)

La caminata

Mi tío andaba un día por un solitario camino de tierra y se encontró con un hombre que iba en la misma dirección. El hombre miró a mi tío y mi tío miró al hombre. Al hombre le dio miedo mi tío y a mi tío le dio miedo el hombre. Pero siguieron caminando y empezó a oscurecer. El hombre miró a mi tío y mi tío miró al hombre. El hombre sentía mucho miedo de mi tío y mi tío sentía mucho miedo del hombre.

Pero siguieron andando y llegaron a un gran bosque. Cada vez estaba más oscuro y el hombre miró a mi tío y mi tío miró al hombre. El hombre sentía verdadero miedo de mi tío y mi tío sentía verdadero miedo del hombre.

Pero siguieron andando, adentrándose en el bosque cada vez más. Ya estaba muy oscuro. Y el hombre miró a mi tío y mi tío miró al hombre. El hombre sintió un terrible miedo de mi tío y mi tío sintió un terrible miedo de él...

(Y ahora ¡GRITA!).

¿A qué has venido?

Había una vez una anciana que vivía sola y que se sentía muy sola. Una noche, sentada en la cocina, dijo:

—¡Oh, cómo me gustaría tener compañía!

En cuanto hubo pronunciado estas palabras asomaron por la chimenea dos pies deshechos, de carne podrida. Los ojos de la mujer se desorbitaron de terror. A los dos pies iban unidas dos piernas; y luego aparecieron un cuerpo, dos brazos y la cabeza de un hombre.

Mientras la vieja contemplaba aterrorizada lo que había caído en el hogar de la chimenea, las partes se reunieron formando un hombre alto y desgarbado que avanzó hacia ella y se puso a bailar por la habitación cada vez más deprisa. Entonces se detuvo y la miró fijamente a los ojos.

—¿A qué has venido? —preguntó con una vocecita débil y temblona.

—¿A qué he venido? —respondió él—. He venido… ¡A POR TI!

(Cuando grites estas últimas palabras, da una patada en el suelo y salta sobre quien tengas más cerca).

¡Átame 'sa mosca po' e' 'abo!

Había una casa encantada por cuya chimenea todas las noches caía una cabeza cubierta de sangre. O al menos eso es lo que la gente contaba, así que nadie se quedaba nunca a dormir en ella.

Entonces un hombre muy rico ofreció doscientos dólares a quien se atreviera a hacerlo, y un chico dijo que lo intentaría si podía llevar a su perro. Se pusieron rápidamente de acuerdo.

A la noche siguiente el chico fue a la casa con su perro. Para hacer más llevadera la espera prendió un fuego en la chimenea. Se sentó frente al fuego y esperó; su perro esperó con él.

Durante un rato no ocurrió nada. Pero un poco después de medianoche oyó que alguien cantaba suave y tristemente fuera en el bosque. La canción decía algo así como esto:

¡Átame 'sa mosca po' e' 'abo!

"No es más que alguien que canta", se dijo el chico, pero tenía mucho miedo.

¡Entonces el perro contestó la canción! Suave y tristemente cantó:

¡Linchi linchi pelo melo dingo dingo!

El chico no podía creer lo que oía: su perro jamás había dicho nada. Unos minutos después oyó de nuevo la canción. Ahora se oía más cerca y sonaba más fuerte, pero las palabras parecían las mismas:

¡Átame 'sa mosca po' e' 'abo!

Esta vez el chico intentó impedir que el perro contestara. Temía que quien quiera que fuese el que cantaba lo oyera y decidiera ir a por ellos.

Pero el perro no le hizo caso y cantó de nuevo:

¡Linchi linchi pelo melo dingo dingo!

Una media hora más tarde el chico oyó de nuevo la canción. Ahora provenía del patio trasero y volvía a decir:

¡Átame 'sa mosca po' e' 'abo!

Nuevamente el chico intentó mantener callado al perro. Éste, sin embargo, cantó más fuerte que nunca:

¡Linchi linchi pelo melo dingo dingo!

Unos momentos después el chico oyó de nuevo la canción; ahora venía de la chimenea:

¡Átame 'sa mosca po' e' 'abo!

El perro contestó inmediatamente:

¡Linchi linchi pelo melo dingo dingo!

De repente una cabeza ensangrentada cayó por la chimenea. Rebotó sin tocar el fuego y aterrizó al lado del perro. El perro le echó una mirada y cayó patas arriba, muerto de miedo.

La cabeza se giró y miró fijamente al chico. Muy lentamente abrió la boca y…

(Vuélvete hacia uno de tus amigos y grita):

"¡¡¡AAAAAAHHH!!!"

Un hombre que vivía en Leeds

Había un hombre que vivía en Leeds
que plantó en su huerto verde maíz
y cuando el maíz empezó a crecer
era como nieve, ¡qué enorme placer!
Pero aquella nieve se empezó a fundir
era como un barco que quisiera huir,
y cuando aquel barco empezó a rolar
era un ave sin cola que no puede volar.
Pero aquel pájaro quiso demostrar
que a lo azul del cielo podía llegar.
Era como un águila que por el cielo cruzó
y con gran estruendo el cielo gruñó.
(Ahora baja la voz)
Y a mi puerta se puso, y tal ruido hizo
que mi pelo se encrispó como púas de erizo.
Y cuando de miedo quise sollozar...
(Apaga todas las luces)
¡Ya estaba muerto, muerto de verdad!
(Salta sobre tus amigos y grita)
¡AAAAAAAAAAH!

Una anciana que era sólo piel y huesos

Érase una anciana que era sólo piel y huesos
y junto a un cementerio solitaria vivía.
¡Oh-o-oh-oh-o!
Pensó a la iglesia acercarse un día
porque hacía tiempo que al párroco no oía.
¡Oh-o-oh-oh-o!
Cuando hubo llegado al pórtico sagrado
quiso dar descanso a su cuerpo cansado.
¡Oh-o-oh-oh-o!
Pero acercándose después hasta la puerta
le parecía estar de cansancio muerta.
¡Oh-o-oh-oh-o!
Al moverse despacio para darse la vuelta
un cadáver horrible notó por allí cerca.
¡Oh-o-oh-oh-o!
Entraban los gusanos por nariz y perilla
y salían por los ojos, y por las orejillas.
¡Oh-o-oh-oh-o!
La anciana al párroco le preguntó, ansiosa:
"¿Seré yo como ése cuando llegue a la fosa?".
¡Oh-o-oh-oh-o!
Y el párroco a la vieja le contestó muy presto:
¡Cuando cadáver seas serás como ese muerto!
(Ahora grita)
¡¡¡AAAAAAAAAAAH!!!

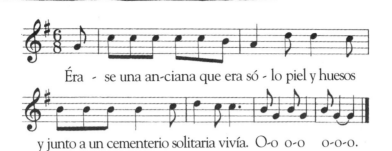

Éra - se una an-ciana que era só - lo piel y huesos

y junto a un cementerio solitaria vivía. O-o o-o   o-o-o.

Oyó pasos que subían por las escaleras del sótano...

Este capítulo tiene fantasmas. Uno vuelve en forma de persona real y otro se venga de su asesino. Y ocurren también otros extraños sucesos.

La cosa

Ted Martin y Sam Miller eran buenos amigos y pasaban mucho tiempo juntos. Una noche estaban sentados sobre una valla, cerca de la oficina de correos, hablando de unas cosas y de otras.

Frente a ellos, cruzando la carretera, había un campo de nabos. De repente vieron algo que salía arrastrándose del campo y se ponía de pie. Parecía un hombre, pero en la oscuridad no era fácil cerciorarse. Luego, desapareció.

Pero pronto apareció de nuevo. Cruzó la mitad de la carretera, se dio la vuelta y volvió por donde había venido.

Apareció una tercera vez y se dirigió hacia ellos. Ted y Sam estaban ahora muy asustados y echaron a correr. Cuando finalmente se detuvieron, decidieron que se estaban portando como dos bobos. No estaban seguros de lo que les había asustado, así que decidieron volver y mirar mejor.

Muy pronto lo vieron, porque se dirigía hacia ellos. Vestía pantalones negros, una camisa blanca y tirantes negros.

Sam dijo:

—Voy a tocarlo. Entonces sabremos si es real.

Se levantó, se acercó a él y le miró la cara. Tenía unos ojos penetrantes que brillaban como tizones muy hundidos en el cráneo. Parecía un esqueleto.

Ted, después de mirarle, gritó y de nuevo Sam y él salieron corriendo, pero esta vez el esqueleto echó a correr tras ellos. Cuando llegaron a casa de Ted, se quedaron en el porche mirándolo. Se quedó un rato quieto en la carretera. Luego desapareció.

Un año después Ted se puso enfermo y fue poniéndose cada vez peor. Al final Sam se sentaba junto a él todas las noches. La noche que Ted murió, Sam le dijo que tenía el mismo aspecto que el esqueleto.

Frío como el hielo

Un granjero tenía una hija que le importaba más que nada en el mundo. La joven se enamoró de un peón llamado Jim, pero el granjero pensó que no era lo suficientemente bueno para ella. Para mantenerlos alejados, envió a su hija a vivir con su tío en el otro extremo del país.

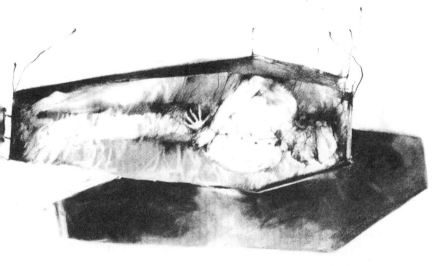

Tan pronto como la joven partió, Jim se puso enfermo, se fue consumiendo y murió. Todo el mundo dijo que se había muerto con el corazón roto. El granjero se sintió tan culpable por la muerte de Jim que no pudo contarle a su hija lo que había sucedido. La joven siguió pensando en Jim y en la vida que podrían haber vivido juntos.

Una noche, muchas semanas después, llamaron a la puerta de la casa del tío. Cuando la joven abrió, vio a Jim de pie frente a ella.

—Tu padre me pidió que viniera por ti —dijo—. He traído mi mejor caballo.

—¿Pasa algo? —preguntó la joven.

—No lo sé —dijo él.

La joven recogió unas cuantas cosas y partieron juntos. La joven montaba a la grupa, agarrada a la cintura de él. Al poco Jim se quejó lastimeramente diciendo:

—Me duele muchísimo la cabeza.

Ella le puso la mano en la frente y contestó:

—¡Pero si estás tan frío como el hielo! Espero que no te hayas puesto enfermo. Y le envolvió la frente con su pañuelo. Viajaron tan rápido que en unas cuantas horas llegaron a la granja. La joven desmontó rápidamente y llamó a la puerta. Su padre se sobresaltó al verla.

—¿No has mandado por mí? —preguntó.

—No, no lo he hecho —contestó él.

Ella se volvió hacia Jim, pero no vio ni al joven ni a su caballo. Fueron al establo a buscarlos. El caballo estaba allí. Estaba cubierto de sudor y temblaba de miedo, pero no había rastro de Jim. Aterrorizado, el padre le dijo a la joven la verdad sobre la muerte de Jim. Fueron enseguida a ver a los padres de éste y decidieron abrir su tumba. El cadáver estaba en su ataúd, pero el pañuelo de la muchacha ceñía su frente.

El lobo blanco

Los lobos del bosque que rodeaba el Arroyo Francés estaban fuera de control. Había tantos que los granjeros eran incapaces de impedir que mataran al ganado y a sus ovejas, así que el estado puso precio a sus cabezas: pagaría diez dólares por cada piel de lobo que llevaran los cazadores.

Un carnicero del pueblo llamado Bill Williams pensó que era un dinero muy apetecible. Dejó de trabajar como carnicero y empezó a matar lobos. Y se le daba muy bien: cada año mataba más de quinientos, lo que significaba una ganancia superior a 5.000 dólares, lo que era una cantidad de dinero muy respetable en aquella época.

Después de cuatro o cinco años, Bill había matado tantos lobos que prácticamente no quedaba ninguno en la zona. Así que se retiró y juró que nunca volvería a hacer daño a ningún lobo porque los lobos habían hecho de él un hombre rico.

Entonces, un día, un granjero contó que un lobo blanco había matado a dos de sus ovejas. Le había disparado y le había alcanzado, pero las balas no parecían tener ningún efecto sobre el animal. Al poco tiempo el lobo fue visto en toda la comarca. Mataba y escapaba, sin que nadie pudiera detenerlo. Una noche entró en el cercado de Bill y mató a su vaca favorita. Bill olvidó su decisión de no volver hacerle daño a ningún lobo. A la mañana siguiente fue al pueblo y compró un corderito que le serviría de cebo; lo llevó a las colinas y lo ató a un árbol. Entonces se retiró unos treinta metros y se sentó bajo otro árbol a esperar con el arma cargada.

Como Bill no volvía, sus amigos empezaron a buscarle. Finalmente encontraron al corderito: continuaba atado al árbol y hambriento, pero vivo. Después encontraron a Bill. Seguía sentado contra el otro árbol, pero estaba muerto, con la garganta desgarrada.

No encontraron señales de lucha, y el arma no había sido disparada; tampoco había huellas en el terreno circundante. Y por lo que toca al lobo blanco, no volvió a ser visto jamás.

La casa embrujada

Una vez un pastor fue a ver si lograba desencantar una casa de su parroquia que había estado embrujada unos diez años. Varias personas habían intentado pasar la noche en ella, pero siempre les aterrorizaba lo que allí sucedía.

Así pues, el pastor tomó su Biblia y se dirigió a la casa. Entró en ella, preparó un buen fuego, encendió una lámpara y se sentó a leer la Biblia. Justamente antes de media noche empezó a oír ruidos en el sótano: algo que daba vueltas incansablemente y que parecía que quería gritar pero se ahogaba. Después oyó ruido como de luchas y de arrastramientos y finalmente todo volvió a estar tranquilo.

El anciano pastor tomó de nuevo su Biblia, pero antes de que pudiera empezar a leer oyó pasos que subían por las escaleras del sótano. Estaba allí sentado, mirando fijamente la puerta del sótano mientras los pasos se acercaban más y más. Cuando vio que el picaporte giraba y que la puerta empezaba a abrirse, se puso de pie de un salto y gritó:

—¿Qué quieres?

La puerta volvió a cerrarse suavemente, sin un sonido.

El pastor temblaba un poco, pero finalmente abrió la Biblia de nuevo y se puso a leer. Al cabo de un rato se levantó, dejó la Biblia en la silla y se fue a avivar el fuego.

En ese momento empezaron de nuevo los ruidos, y los pasos que había oído antes volvieron a subir por la escalera. El viejo pastor se quedó muy quieto vigilando la puerta: vio el picaporte girar y contempló cómo se abría dejando paso a una mujer joven. El pastor se sentó y dijo:

—¿Quién eres? ¿Qué quieres?

El espectro pareció dudar como si no supiera qué hacer... y entonces desapareció.

El anciano pastor esperó, esperó y esperó, y cuando no oyó ningún ruido más, se levantó y cerró la puerta. Temblaba y estaba cubierto de sudor, pero era un hombre valeroso y pensó que sería capaz de soportarlo, así que cambió su silla de sitio para no perderse ningún detalle, se sentó y siguió esperando.

No pasó mucho tiempo antes de que los ruidos comenzaron de nuevo: tap-tap-tap-tap cada vez más cerca y más cerca, tap-tap, hasta que estuvieron frente a la puerta. El pastor se puso de pie y aferrando la Biblia la blandió ante él. Entonces el picaporte giró lentamente y la puerta se abrió del todo. El pastor, con voz tranquila, preguntó:

—En el nombre del Padre, del Hijo y del Espíritu Santo: ¿qué eres?, ¿qué deseas?

El espectro cruzó la habitación dirigiéndose directamente hacia él y le sujetó de la ropa. Era una joven de unos veinte años. Tenía el cabello enredado y la carne se le desprendía de la cara dejando ver los huesos y parte de los dientes. No tenía ojos, pero en su lugar había una especie de luz azul que iba y venía en las órbitas. Tampoco tenía nariz.

Entonces empezó hablar. Su voz parecía ir y venir con el viento. Le contó al pastor cómo su amante la había matado para quitarle su dinero y la había enterrado en el sótano. Le dijo al pastor que si desenterraba sus huesos y le daba sepultura debidamente podría descansar.

Luego le pidió que le arrancara la última falange del dedo meñique de su mano izquierda y que la depositara en la bandeja de colectas en la próxima reunión en la iglesia; con eso podría averiguar quién la había matado. Por último dijo:

—Si después de eso vuelves aquí, oirás mi voz a media noche y te diré dónde está escondido mi dinero; podrás donarlo a la iglesia.

El espectro profirió un sonido de agotamiento, se desplomó sobre el suelo y desapareció. El pastor encontró sus huesos y les dio cristiana sepultura en el cementerio.

Al domingo siguiente el pastor puso el hueso del dedo en la bandeja de colecta y, cuando un hombre lo tocó, se le pegó a la mano. El hombre dio un salto y se frotó y tiró y se desgarró intentando quitarse aquello que se le había pegado. A todo esto gritaba como si estuviera loco; terminó confesando el asesinato y le enviaron a la cárcel.

Después de que el hombre fuera ejecutado en la horca, el pastor regresó a la casa embrujada una noche y la voz del espectro le dijo que cavara debajo de la piedra de la chimenea. Así lo hizo y encontró una gran bolsa de dinero. Y donde el espectro había tocado su ropa, quedaron para siempre unas huellas como de quemadura producidas por las descarnadas manos de la joven. El pastor nunca consiguió quitarlas.

Los invitados

Un joven y su esposa emprendieron un viaje para visitar a la madre de él. Por lo general solían llegar a la hora de cenar, pero esta vez habían salido más tarde y el crepúsculo les alcanzó de camino. Decidieron por tanto buscar un lugar donde pasar la noche y continuar por la mañana.

A un lado del camino, vieron una pequeña casa casi escondida entre los árboles.

—Quizá alquilen habitaciones —dijo la mujer. Así que se detuvieron a preguntar.

Acudió a abrir a la puerta una pareja entrada en años. No alquilaban habitaciones, dijeron, pero les complacería mucho invitarlos a pasar la noche con ellos. Tenían sitio y agradecerían la compañía.

La anciana preparó café y les ofreció pastel, y los cuatro charlaron un rato. Después acompañaron a la joven pareja a su habitación. Los jóvenes comentaron de nuevo que querían pagar el servicio, pero el anciano respondió que no aceptaría cantidad alguna.

Los jóvenes se levantaron muy temprano a la mañana siguiente, antes de que sus anfitriones se hubieran despertado. En una mesa cercana a la puerta delantera dejaron un sobre con un poco de dinero en pago de la habitación. Después continuaron viaje hasta el próximo pueblo.

Se detuvieron en un restaurante a desayunar. Cuando le dijeron al propietario dónde habían pasado la noche, éste se mostró muy afectado.

—No puede ser —dijo—. Esa casa se quemó hasta los cimientos, y el hombre y la mujer que vivían en ella murieron en el incendio.

La joven pareja no podía creerlo, así que volvieron a la casa sólo que ahora no había casa. Todo lo que encontraron fue un cascarón carbonizado.

Y allí se quedaron contemplando las ruinas e intentando comprender lo que había sucedido. Entonces la mujer gritó. Entre los escombros había una mesa casi carbonizada, como la que habían visto junto a la puerta delantera. Junto a la mesa estaba el sobre que habían dejado esa misma mañana.

Te comen los ojos.
Te comen la nariz.

Las que siguen son historias de miedo sobre toda clases de cosas. Hay cuentos aquí sobre una tumba, una bruja, un hombre al que le gustaba nadar, una partida de caza y una cesta de la compra. Hay una también sobre gusanos que se comen un cadáver..., el tuyo.

La canción del coche fúnebre

Si el coche fúnebre pasa no te rías jamás
porque puede que tú seas el próximo en palmar.
Y si es así te envuelven en la blanca mortaja
y cubierto con ella te meten en la caja.
Una caja muy negra con adornos dorados
de madera de pino o de conglomerado.
Y te bajan al hoyo y te cubren con tierra
y durante unos días ya nadie te da guerra.
Pero al poco aparecen los tenaces gusanos
que reptan por tu cara, tus piernas y tus manos,
que te comen los ojos, la boca y la nariz,
que con tu dentadura compiten al parchís.
Te comen enterito, te comen sin cesar,
son muy gordos y verdes, no dejan de reptar.
Te agusanas entero, te vuelves de jalea,
se te salen los puses, ¡ay qué cosa más fea!
Pero puestos en pan no tienen mal aspecto,
te los comes tranquilo porque... tú ya estás muerto.

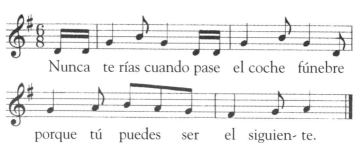

Nunca te rías cuando pase el coche fúnebre

porque tú puedes ser el siguien- te.

La chica que pisó una tumba

Una noche, unos cuantos chicos y chicas celebraban una fiesta. Al final de la calle donde estaban había un cementerio y empezaron a hablar del miedo que les daba.

—No hay que pisar nunca una tumba después de que oscurezca —dijo uno de los chicos—. La persona que está dentro te agarrará y te llevará con ella.

—Eso no es verdad —dijo una de las chicas—. Es sólo una superstición.

—Te daré un dólar si pisas una tumba —dijo el chico.

—No me dan miedo las tumbas —respondió la chica—. Ahora mismo lo hago, si quieres.

El chico le tendió su navaja y le dijo:

—Clava la navaja en la tumba que elijas —dijo—. Eso nos permitirá saber que has estado allí.

El cementerio estaba lleno de sombras y tan quieto como la muerte. "No hay nada de qué asustarse", se dijo la chica, pero se moría de miedo.

Eligió una de las tumbas y se puso de pie encima. Luego, rápidamente, se agachó y hundió la navaja en el suelo y se dispuso a marcharse, pero no pudo hacerlo: ¡algo la retenía! Intentó huir a la desesperada pero no se podía mover. Estaba loca de terror.

—¡Algo me ha agarrado! —dio un grito y cayó al suelo.

Los demás, cuando vieron que no volvía, fueron a buscarla. Encontraron su cuerpo tirado sobre la tumba. Al hundir la navaja había clavado inadvertidamente su falda al suelo. Eso era lo que la había impedido moverse. Había muerto de miedo.

Un caballo nuevo

Dos peones de granja compartían un cuarto: uno dormía en la parte de atrás y el otro delante, cerca de la puerta. Este último empezó a sentirse muy cansado por la mañana. Su amigo le preguntó qué le sucedía.

—Todas las noches ocurre algo horrible —respondió—. Una bruja me convierte en un caballo y me lleva galopando por toda la comarca.

—Esta noche voy a dormir en tu cama —respondió su amigo—. Veremos lo que sucede.

Esa noche, pasadas las doce, una anciana que vivía en las proximidades entró en el cuarto. Inclinándose sobre el peón, musitó unas palabras incomprensibles y éste se dio cuenta de que no se podía mover. Entonces le puso una brida y lo convirtió en un caballo.

Lo siguiente de lo que se dio cuenta es que una anciana cabalgaba sobre él llevándole por los campos a una velocidad de vértigo y golpeándole con una fusta para que corriera todavía más. Pronto llegaron a una casa donde se celebraba una fiesta: había música y baile. Todo el mundo lo estaba pasando muy bien. La anciana desmontó, lo ató a una valla y entró en la casa.

Cuando se hubo ido, el peón se frotó contra la valla hasta que la brida se cayó y se convirtió de nuevo en un ser humano.

Entonces entró en la casa y encontró a la bruja: le repitió aquellas extrañas palabras y la convirtió en una potra. A continuación la llevó hasta un herrero para que le pusiera herraduras y la hizo cabalgar hasta la granja donde ella vivía.

—Tengo aquí una potra muy buena —le dijo al marido—, pero necesito un caballo más fuerte. ¿Querrías hacer un cambio?

El viejo miró la potra y dijo que de acuerdo, así que eligieron otro caballo y el peón se fue montado en él.

El marido llevó al establo a la nueva potra. Le quitó el bocado y fue a colgarlo, pero cuando volvió la potra había desaparecido: en su lugar estaba su esposa con herraduras clavadas a los pies y a las manos.

Cocodrilos

Una joven de un pueblo se casó con un hombre de otra parte del país. Era un buen hombre y se llevaban muy bien. Sólo había un problema: todas las noches él se iba a nadar al río. A veces pasaba fuera toda la noche, y ella se quejaba de lo sola que se sentía.

Esta pareja tenía dos hijos pequeños. Tan pronto como pudieron andar su padre empezó a enseñarles a nadar. Y cuando tuvieron la edad suficiente, empezó a llevarlos a nadar al río por la noche. A menudo se quedaban allí la noche entera, y la mujer permanecía sola en su casa.

Al cabo de un tiempo, la mujer empezó a actuar de manera extraña: por lo menos eso es lo que los vecinos comentaban. Les decía que su marido se había convertido en un cocodrilo, y que estaba intentado que sus hijos se convirtieran también en cocodrilos.

Todo el mundo le dijo que no tenía nada de malo que un padre llevara a sus hijos a nadar; era una cosa natural.

Y por lo que respecta a los cocodrilos, no había ni uno cerca. Todo el mundo sabía eso.

Una mañana muy temprano la joven llegó corriendo al pueblo proveniente del río. Estaba empapada. Dijo que un gran cocodrilo y dos cocodrilos pequeños la habían acorralado y habían intentado obligarla a comerse un pez crudo. Eran su marido y sus hijos, y querían que viviera con ellos en el río. Pero había conseguido escapar.

El médico decidió que se había vuelto loca, e hizo que ingresara en el hospital una temporada. Después de eso nadie volvió a ver ni a su marido ni a sus hijos. Simplemente desaparecieron.

Pero de vez en cuando algún pescador contaba que había visto cocodrilos en el río, por la noche. Solía tratarse de un cocodrilo grande y de dos pequeños. Sin embargo la gente comentaba que eran puras invenciones. Todo el mundo sabe que no hay cocodrilos por aquí.

Sitio para uno más

Un hombre llamado Joseph Blackwell llegó a Filadelfia en viaje de negocios. Se quedó con unos amigos en la gran casa que poseían en las afueras de la ciudad. Esa noche pasaron un buen rato charlando y riendo. Pero cuando Blackwell se fue a la cama no pudo hacer otra cosa más que dar vueltas y desvelarse.

En algún momento durante la noche oyó un vehículo que entraba por el camino. Se asomó a la ventana para ver quién llegaba a una hora tan intempestiva. A la luz de la luna vio una gran carroza negra fúnebre llena de gente. El cochero levantó la vista y le miró. Cuando Blackwell vio su horrible y lívida cara se echó a temblar. El cochero, dirigiéndose a él, dijo:

—¡Hay sitio para uno más!

Luego esperó unos minutos y siguió su camino.

Por la mañana, Blackwell les dijo a sus amigos lo que había sucedido.

—Estarías soñando —respondieron.

—Puede que sí —contestó—. Pero no parecía un sueño.

Después del desayuno se marchó a Filadelfia. Pasó el día trabajando en una oficina situada en uno de los nuevos y altísimos edificios allí construidos.

A última hora de la tarde estaba esperando uno de los ascensores para volver salir a la calle. Pero cuando llegó estaba muy lleno. Uno de los pasajeros dirigiéndose a él le dijo:

—¡Hay sitio para uno más!

Era el mismo cochero de la carroza fúnebre.

—No gracias —contesto Blackwell—. Esperaré al próximo.

Se cerraron las puertas y el ascensor inició su descenso. Blackwell oyó primero gritos y gemidos y después un estrépito horrible. El ascensor se había desplomado estrellándose contra el fondo. Todos los que iban dentro murieron.

El Wendigo

Un hombre acaudalado quería ir a cazar a una parte del norte de Canadá donde muy pocos habían estado. Se desplazó hasta un puesto de diligencias e intentó encontrar un guía que lo llevara. Pero nadie quería hacerlo: era demasiado peligroso, decían.

Por fin, encontró un indio que necesitaba urgentemente dinero y se puso de acuerdo con él para que le hiciera de guía. El nombre del indio era Défago.

Acamparon en la nieve, cerca de un gran lago helado. Cazaron durante tres días, pero no cobraron ninguna pieza. La tercera noche se levantó una tormenta. Défago y el cazador yacían en su tienda escuchando el aullido del viento en las copas de los árboles en una dirección y otra.

Para ver mejor la tormenta, el cazador abrió el faldón de la tienda. Lo que vio le sobresaltó: no había ni un soplo de

brisa y los árboles se erguían absolutamente inmóviles. Y sin embargo podía oír el aullido del viento. Y cuanto más escuchaba más parecía como si estuviera llamando a Défago:

—¡Dé-fa-a-a-go-o-o! —decía—. ¡ Dé-Fa-a-a-go-o-o!

"Debo estar volviéndome loco", pensó el cazador. Pero Défago había salido de su saco de dormir. Estaba acurrucado en una esquina de la tienda con la cabeza hundida entre los brazos.

—¿Pero qué pasa aquí? —preguntó el cazador.

—No es nada —contesto Défago.

Pero el viento seguía llamándole y Défago se mostraba cada vez más agitado.

—¡Dé-fa-a-a-go-o-o! —decía—. ¡ Dé-Fa-a-a-go-o-o!

De repente se puso en pie de un salto y quiso salir corriendo de la tienda. Pero el cazador lo agarró y lo inmovilizó en el suelo.

—¡No puedes dejarme aquí! —gritó el cazador.

Entonces el viento llamó de nuevo y Défago consiguió liberarse de los brazos del cazador y corrió alocadamente adentrándose en la oscuridad. El cazador oía sus gritos, cada vez más lejos:

—¡Ay mis pies de fuego! ¡Mis ardientes pies de fuego!

Su voz terminó por desaparecer y el viento se apaciguó.

Al amanecer, el cazador siguió las huellas de Défago en la nieve. Atravesaban el bosque, bajaban hacia el lago helado y seguían por su superficie. Pero al poco notó algo extraño. Las huellas de Défago se iban haciendo más y más grandes: llegó un momento que de ninguna manera podían corresponder con las pisadas de un ser humano. Era como si algo lo hubiera ayudado a desplazarse.

El cazador siguió las huellas hasta el centro del lago, pero allí desaparecían. Al principio pensó que Défago se había caído a través del hielo, pero no se veía agujero alguno. Entonces pensó que algo le había elevado en el aire. Pero no tenía sentido.

Mientras estaba allí de pie preguntándose lo que había sucedido, se levantó el viento de nuevo; y tan fuerte como había aullado la noche anterior. Entonces oyó la voz de Défago. Venía de arriba y de nuevo se escucharon aquellos gritos:

—¡Ay mis pies de fuego! ¡Mis ardientes pies de fuego!

Pero no se veía a nadie.

Lo único que quería ahora el cazador era alejarse de aquel lugar tan rápido como pudiera. Volvió al campamento, recogió las cosas, dejó un poco de comida para Défago y se puso en camino. Semanas más tardes llegó a la civilización.

Al año siguiente volvió a cazar nuevamente en aquella zona. Y se dirigió al mismo puesto de diligencias en busca de un guía. La gente no pudo explicarle lo que le había ocurrido a Défago aquella noche, pero no lo habían visto desde entonces.

—Quizá fue el Wendigo —dijo uno de ellos y se rió—. Se supone que viene con el viento. Te arrastra con él a gran velocidad hasta que se te queman los pies y parte de las pantorrillas. Entonces te sube al cielo y luego te deja caer. Es una historia absurda, pero es lo que algunos indios cuentan.

Unos pocos días después el cazador llegó de nuevo al puesto de diligencias. Apareció entonces un indio y se sentó junto al fuego. Se envolvía en una manta y llevaba el sombrero de tal forma que no se distinguían sus facciones. El cazador pensó que le resultaba familiar, así que se acercó a él y le preguntó:

—¿Eres Défago?

El indio no contestó.

—¿Sabes algo de él?

No respondió.

El cazador empezó a preguntarse si le sucedía algo, si tal vez el hombre necesitaba ayuda. Pero no podía verle la cara.

—¿Te encuentras bien? —volvió a preguntar.

Silencio.

Movido por la curiosidad levantó el sombrero del indio... y gritó: debajo del sombrero sólo había una pila de cenizas.

HOGAR
DULCE
HOGAR

Los sesos del muerto

Esta historia de miedo es, en realidad, un juego. Se juega en Halloween, aunque también puede jugarse siempre que a uno le apetezca.

Los jugadores se sientan en un círculo en una habitación a oscuras y escuchan cómo, quien cuenta la historia, describe los restos putrefactos de un cadáver. Después va pasando cada una de las partes para que todo el mundo las toque.

En una de las versiones, los jugadores van quedando eliminados si gritan o profieren cualquier otro sonido de miedo. En otra versión, todo el mundo se queda hasta el final, sin importar lo asustados que estén.

Ésta es la historia:

"En este pueblo vivía un hombre llamado Brown. Hace muchos años, una noche como ésta, fue asesinado de improviso.

Aquí tenemos sus restos. Primero toquemos sus sesos (un tomate maduro aplastado). Ahora aquí están sus ojos, todavía helados por la sorpresa (dos uvas peladas y congeladas). Aquí está su nariz (un hueso de pollo). Aquí está su oreja (un albaricoque seco). Y aquí está su mano, con la carne podrida y el hueso (un guante de goma o de tela relleno de barro o de hielo). Pero su pelo todavía crece (un puñado de pelusa de maíz o de otro tallo fino). Y su corazón todavía late de vez en cuando (un trozo de hígado crudo). Y su sangre todavía fluye. Meted los dedos en ella: está caliente y es muy rica (un bol de ketchup mezclado con agua tibia). Y esto es todo lo que hay, salvo por estos gusanos. Son los que se han comido todo lo demás (Un puñado de espagueti cocidos)".

¿Te puedo llevar la cesta?

Sam Lewis había pasado la velada jugando al ajedrez en casa de un amigo. Era aproximadamente medianoche cuando terminaba su partida, así que Sam se puso camino a casa. Fuera hacía un frío helador y todo estaba tranquilo como una tumba.

Al doblar un recodo del camino le sorprendió ver a una mujer que caminaba delante de él.

Llevaba una cesta cubierta por un trapo blanco. Cuando la alcanzó, miró para ver quién era. Pero estaba tan abrigada contra el frío que era difícil distinguir sus rasgos.

—Buenas noches —dijo Sam—. ¿Qué la trae tan tarde por aquí?

Ella no respondió.

Entonces él dijo:

—¿Puedo llevarle la cesta?

Ella se la tendió. De debajo del paño salió una vocecita que dijo:

—Qué amable por su parte —frase a la que siguió una risotada salvaje.

Sam se sobresaltó tanto que dejó caer la cesta, y de ella salió rodando una cabeza de mujer. Miró la cabeza y luego miró a la mujer.

—¡Es su cabeza! —dijo gritando.

Comenzó a correr, y la mujer y su cabeza se pusieron a darle caza.

La cabeza llegó pronto a su altura. Entonces saltó por el aire y le hundió los dientes en su pierna izquierda. Sam gritó de dolor y corrió más rápido.

Pero la mujer y su cabeza siguieron pegados a sus talones. Al poco la cabeza saltó en el aire de nuevo y le mordió en la otra pierna. Entonces desaparecieron.

Otros peligros

La mayor parte de las historias de miedo de este libro han sido transmitidas de generación en generación, pero las de este capítulo son de época reciente. Son cuentos que suelen contar los jóvenes sobre los peligros con los que nos enfrentamos hoy en nuestras vidas.

El garfio

Donald y Sarah habían ido al cine y a la salida decidieron que les apetecía dar una vuelta en el coche de Donald. Se detuvieron en una colina en los límites de la ciudad, desde donde podían ver las luces de ésta a ambos lados del valle.

Donald encendió la radio y puso música, pero de repente un locutor anunció un comunicado urgente. Un asesino se había escapado de la prisión del estado; iba armado con un cuchillo y se dirigía hacia el sur a pie. Le faltaba la mano izquierda. En su lugar tenía un garfio.

—Subamos las ventanillas y pongamos el seguro a las puertas —dijo Sarah.

—Buena idea —respondió Donald.

—La cárcel no está demasiado lejos —dijo Sarah—. Quizás deberíamos volver a casa.

—Pero si son sólo las diez de la noche.

—Me da igual la hora que sea —dijo ella—. Quiero irme a casa.

—Mira, Sarah —dijo Donald—, no va a subir hasta aquí. ¿Por qué iba hacer eso? Hemos echado el seguro a las puertas: ¿cómo podría entrar?

—Donald, podría servirse del garfio para romper una ventanilla y abrir una puerta —contesto ella—. Tengo miedo. Quiero irme a casa.

Donald, irritado, contestó:

—Las chicas siempre tenéis miedo de algo.

Al poner en marcha el coche, Sarah pensó que había oído a alguien, o algo, rascar en la puerta de su lado.

—¿Has oído eso? —preguntó mientras se alejaban—. Parecía que alguien intentaba entrar.

—Claro, claro —respondió Donald sin hacerle mucho caso.

Pronto estuvieron en casa.

—¿Quieres entrar y tomar una taza de café? —preguntó ella.

—No —respondió él—. Tengo que irme a casa.

Donald salió del coche, dio la vuelta a éste y fue a abrir la puerta de Sarah para dejarla salir. Colgando del manillar había un garfio.

El vestido de noche de satén blanco

Un joven invitó a una muchacha a un baile de gala. Pero la joven era muy pobre y no podía permitirse comprar el vestido de noche que necesitaba para una ocasión como ésa.

—Quizá puedas alquilar un vestido —dijo su madre. Así que la joven fue a una casa de empeño no lejos de donde vivía. Allí encontró un vestido de noche de satén blanco de su talla.

Cuando llegó al baile con su amigo estaba tan atractiva que todo el mundo quería invitarla. Bailó una y otra vez y pasó un rato maravilloso. Pero entonces empezó a sentirse mareada, y le pidió a su amigo que la acompañara a casa.

—Creo que he bailado demasiado —le dijo.

Cuando llegó a casa se tumbó en la cama. A la mañana siguiente su madre la encontró muerta. El doctor dijo que no entendía por qué había fallecido, así que el juez instructor ordenó que se realizara una autopsia.

La autopsia reveló que había muerto envenenada con un líquido de embalsamar: la sangre se le había coagulado en las venas. El vestido mostraba trazas del líquido, y se llegó a la conclusión de que había penetrado por su piel cuando sudaba al bailar.

El propietario de la tienda de préstamos dijo que le había comprado el vestido al ayudante de un sepulturero. Se había usado en el funeral de otra joven, y el ayudante lo había robado antes de que la enterraran.

Luces largas

La muchacha que conducía el viejo sedán azul estaba en el último curso del instituto. Vivía en una granja a unos pocos kilómetros y usaba el coche para ir y venir al pueblo.

Había ido al pueblo esa noche para asistir a un partido de baloncesto. Y ahora volvía a casa. Al alejarse del instituto notó que una camioneta roja salía del aparcamiento al mismo tiempo que ella. Unos pocos minutos después seguía teniéndola detrás.

"Supongo que vamos en la misma dirección", pensó.

Empezó a vigilar la camioneta por el retrovisor. Cuando aceleraba o frenaba, el conductor de la camioneta aceleraba o frenaba. Cuando adelantaba a un coche, también la camioneta lo hacía.

Entonces la camioneta dio las luces largas, inundando su coche de luz. Las dejó puestas durante casi un minuto. "Probablemente desea adelantarme", pensó. Pero se estaba poniendo nerviosa.

Normalmente volvía a casa utilizando una carretera comarcal no demasiado frecuentada. Pero cuando se metió por ella vio que la camioneta también lo hizo.

"Tengo que quitarme de encima a esa camioneta", pensó, y empezó a acelerar. La camioneta dio las largas de nuevo; después de algunos segundos, las apagó. Entonces empezó a darlas y a quitarlas, a darlas y a quitarlas.

La muchacha aumentó aún más la velocidad, pero el conductor de la camioneta seguía pegado a ella. Volvió a dar las luces largas de nuevo: una vez más el sedán azul se llenó de luz.

"¿Qué hace?", se preguntó la muchacha. "¿Qué quiere?"

El conductor de la camioneta apagó las luces largas, pero un minuto después las había encendido otra vez y ahora las dejó puestas.

Cuando la muchacha se metió por el camino que llegaba a su casa, la camioneta la siguió de cerca. La muchacha saltó del coche y corrió hacia la casa gritando:

—¡Llama a la policía! ¡Llama a la policía! —gritaba a su padre.

Pudo ver que el conductor de la camioneta se había bajado de ésta y que empuñaba una pistola.

Cuando llegó la policía, fueron a arrestarle pero él señaló el coche de la muchacha y dijo:

—No soy yo a quien quieren ustedes, sino a él.

Agachado detrás del asiento del conductor había un hombre con un cuchillo.

El conductor de la camioneta explicó que justo cuando la muchacha se estaba disponiendo a arrancar el coche para volver a su casa un tipo se coló dentro. Él lo vio, pero no había tenido tiempo de intervenir. Pensó en avisar a la policía pero temía perder de vista a la muchacha, así que la siguió.

Cada vez que el hombre del asiento de atrás se levantaba con intención asesinar a la muchacha, el conductor de la camioneta daba las largas y el delincuente se agachaba, temiendo que alguien pudiera verle.

La niñera

Eran las nueve de la noche y todo el mundo estaba sentado en el sofá frente al televisor. Allí estaban Richard, Brian, Jenny y Doreen, la niñera.

Sonó el teléfono.

—Puede que sea tu madre —dijo Doreen y cogió el teléfono. Antes de que pudiera decir nada, un hombre se rió histéricamente y colgó.

—¿Quién era? —preguntó Richard.

—Algún loco —dijo Doreen. —¿Qué me he perdido?

A las nueve y media el teléfono sonó de nuevo. Doreen contestó: era el hombre que había llamado antes.

—Llegaré pronto —dijo, se rió y colgó.

—¿Quién era? —preguntaron los niños.

—Algún loco —contestó ella.

Aproximadamente a las diez el teléfono sonó de nuevo. Jenny llegó primero.

—Hola —dijo.

Era el mismo hombre. Esta vez dijo:

—Una hora más —se rió y colgó.

—Ha dicho 'una hora más'. ¿Qué quería decir? —preguntó Jenny.

—No te preocupes —dijo Doreen—; es un bromista.

—Tengo miedo —dijo Jenny.

Aproximadamente a las diez y media el teléfono volvió a sonar. Cuando Doreen lo cogió, el hombre dijo:

—Ya falta muy poco —y se rió.

—¿Por qué haces esto? —gritó Doreen; él colgó.

—¿Era el tipo ese de nuevo? —preguntó Brian.

—Sí —dijo Doreen—. Voy a llamar a la compañía de teléfonos para quejarme.

En la compañía le dijeron que si ocurría de nuevo intentarían localizar la llamada.

A las once de la noche el teléfono sonó de nuevo. Doreen contestó.

—Ya estoy casi ahí —dijo el hombre, se rió y colgó.

Doreen llamó a la compañía telefónica. Casi inmediatamente la operadora les llamó y dijo:

—Alguien os está llamando desde la extensión que tenéis en el segundo piso. Lo mejor que podéis hacer es marcharos. Llamaré a la policía.

En ese momento se abrió una puerta en el piso de arriba. Un hombre que nunca habían visto antes empezó a bajar las escaleras hacia ellos. Antes de abandonar la casa a toda carrera vieron que sonreía de un modo muy raro. Unos pocos minutos después la policía lo encontró y lo detuvo.

¡Aaaaaaaaaaah!

Este capítulo tiene el mismo título que el primero. Pero las historias del primer capítulo pretendían asustarte. Las de éste pretenden hacerte reír.

El exterminador

Una viuda vivía sola en el último piso de un edificio de apartamentos. Una mañana sonó su teléfono:

—Diga —dijo.

—Soy el exterminador —dijo una voz de hombre—. Dentro de un rato voy para allá.

"Algún gracioso", pensó ella y colgó.

Una hora más tarde sonó de nuevo el teléfono: era el mismo.

—Soy el exterminador —dijo—; llegaré pronto.

La viuda no supo qué pensar, pero estaba empezando asustarse.

Sonó otra vez el teléfono. Era el exterminador de nuevo.

—Ya llego —dijo.

La viuda colgó y acto seguido llamó a la policía.

Dijeron que se presentarían inmediatamente. Cuando sonó el timbre la viuda exhaló un gran suspiro de alivio. "¡Aquí están!", pensó.

Pero al abrir la puerta se encontró con un viejecito que llevaba un trapo y un cubo. Un viejecito que le dijo:

—Soy el exterminador. El polvo y las arañas de sus ventanas extermino.

El ático

Un hombre llamado Rupert vivía con su perro en una casa escondida en el bosque. Rupert era cazador. Y su perro era un gran pastor alemán llamado Sam.

Casi todas las mañanas Rupert salía a cazar, y Sam se quedaba cuidando la casa. Una mañana Rupert tuvo la sensación de que algo no iba bien en casa.

Volvió tan deprisa como pudo, pero al llegar se encontró que Sam había desaparecido. Buscó por toda la casa y por los bosques cercanos, pero Sam no estaba por ningún sitio. Lo llamó y lo llamó, pero el perro no contestó. Rupert buscó a Sam durante días, pero no encontró ni rastro de él.

Finalmente abandonó la búsqueda y volvió a su trabajo. Pero una mañana oyó algo que se movía en el ático. Agarró su escopeta pero luego pensó: "Lo mejor será no hacer ruido".

Así que se quitó las botas y con los pies descalzos empezó a subir las escaleras del ático.

Subió lentamente un escalón y luego otro y luego otro hasta que llegó frente a la puerta del ático.

Se quedó fuera escuchando, pero no oyó ni un solo ruido. Entonces abrió la puerta y…

—¡Aaaaaaah!

(En este momento quien narra la historia se detiene como si hubiera terminado; entonces alguien suele preguntar "¿Por qué gritó Rupert?".

Quien cuenta la historia replica: "Tú también gritarías si hubieras pisado un clavo con los pies descalzos").

El eslideri-di

Yo al eslideri-di vi
del mar salir;

Se los comió a todos pero
no me vio a mí.

Al eslideri-di vi del
mar salir;

Se comió a los demás
pero no me comió a…
Ñ-A-M.

Los huesos de Aarón Kelly

Aarón Kelly había muerto. Le compraron un ataúd, le hicieron un funeral y lo enterraron.

Pero esa noche salió de su ataúd y volvió a casa. Su familia estaba sentada alrededor del fuego cuando Aarón entró por la puerta.

Se sentó junto a su viuda y dijo:

—¿Qué pasa? Parece que se os ha muerto alguien. ¿Quién se ha muerto?

Su viuda dijo:

—Tú.

—No me siento muerto —dijo Aarón—. Me siento muy bien.

—Pues no tienes muy buen aspecto —contesto su viuda—. Tienes aspecto de muerto. Lo mejor que puedes hacer es volver a la tumba a la que perteneces.

—No pienso volver a la tumba hasta que me sienta muerto —respondió él.

Como Aarón no se iba, su viuda no podía cobrar su seguro de vida, y sin eso no pudo pagar el ataúd; y por ese motivo el de la funeraria dijo que lo recuperaría.

A Aarón no le importó. Se limitó a quedarse sentado junto al fuego en una mecedora calentándose las manos y los pies. Pero tenía las articulaciones oxidadas y la espalda rígida y cada vez que se movía chasqueaba y chirriaba.

Una noche el mejor violinista del pueblo vino a cortejar a la viuda. Como Aarón había muerto, el músico quería casarse con ella. Los dos se sentaron a un lado del fuego y Aarón se sentó al otro, chirriando y chasqueando.

—¿Cuánto tiempo vamos a tener que aguantar a este cadáver? —preguntó la viuda.

—Hay que hacer algo —dijo el violinista.

—Esto está muy aburrido —dijo Aarón—. ¡Bailemos!

El violinista sacó su violín y empezó a tocar. Aarón se estiró, se sacudió, se levantó, dio un paso o dos y empezó a bailar.

Sus huesos traqueteaban, sus dientes amarillos chasqueaban, su calva cabeza se balanceaba y sus brazos oscilaban y de esta guisa se puso a dar vueltas.

Y además sus largas piernas chasqueaban y sus rótulas restallaban, pero saltó e hizo piruetas por toda la habitación.

¡Cómo bailaba aquel muerto! Pero pronto un hueso flojo se soltó del todo y cayó al suelo.

—¡Mira eso! —dijo el violinista.

—¡Toca más rápido! —dijo la viuda.

El violinista tocó más rápido. Cata-cata crack por delante y por detrás saltaba el muerto, y sus huesos se caían, por aquí, por allí, se caían cada vez más.

—¡Toca, venga! ¡Toca! —gritaba la viuda. El violinista tocaba y el muerto Aarón bailaba. Entonces Aarón se desplomó en el suelo convirtiéndose en una pila de huesos, todo salvo su calavera calva que hacía muecas al violinista, chasqueaba los dientes y seguía bailando.

—¡Mira eso! —gruñó el violinista.

—¡Toca más fuerte! —gritó la viuda.

—¡Jo, jo, jo! —dijo la calavera—. ¡Cómo nos divertimos!

El violinista ya no pudo soportarlo y dijo:

—Viuda, me voy a casa —y nunca regresó.

La familia recogió los huesos de Aarón y los devolvió al ataúd, mezclándolos bien para que no pudieran reunirse de nuevo. Después de eso, Aarón se quedó tranquilito en su tumba.

Pero su viuda nunca se volvió a casar. Aarón se había encargado de ello.

Esperemos hasta que Martín venga

Un viejo salió a dar un paseo. De repente se desencadenó una tormenta y tuvo que buscar un lugar para refugiarse. Encontró una vieja casa. Subió corriendo las escaleras del porche y llamó a la puerta, pero nadie respondió.

Llovía ahora a cántaros, los truenos retumbaban y los relámpagos chasqueaban en el cielo negro, así que probó a entrar. Se encontró con que la puerta estaba abierta y entró.

La casa estaba vacía salvo por una pila de cajas de madera. Rompió algunas de ellas, hizo un fuego, se sentó frente a él y se secó. Con el calorcito y el bienestar se durmió. Al despertarse vio un gato negro que se sentaba cerca del fuego. Le miró durante un rato y ronroneó. "¡Qué gato más bonito!", pensó y se durmió de nuevo.

Cuando abrió los ojos había un segundo gato en el cuarto. Pero éste era tan grande como un lobo. Lo miró muy fijamente y preguntó:

—¿Lo hacemos ahora?

—No —dijo el otro gato—. Esperemos a que venga Martín.

"Debo estar soñando", pensó el viejo y volvió a cerrar los ojos. Al poco los abrió de nuevo y vio que había un tercer gato en el cuarto. Este último tenía el tamaño de un tigre. Miró al hombre de hito en hito y preguntó:

—¿Lo hacemos ahora?

—No —dijeron los otros—. Esperemos hasta que Martín venga.

El viejo se puso de pie de un salto, atravesó una ventana a la carrera y escapó a toda velocidad.

—Cuando Martín venga, le decís que no pude esperar —gritó.

El fantasma de los dedos ensangrentados

Un hombre de negocios llegó a un hotel una noche, muy tarde, y pidió una habitación. El recepcionista le dijo que el hotel estaba lleno y añadió:

—Sólo hay una habitación vacía, pero no la alquilamos porque está embrujada.

—Me quedo con ella—dijo el hombre de negocios—. No creo en fantasmas.

El hombre de negocios subió a la habitación. Deshizo su equipaje y se acostó. Nada más meterse en la cama salió un fantasma del armario. Tenía los dedos ensangrentados y gemía:

—¡Dedos ensangrentados! ¡Dedos ensangrentados!

Cuando el hombre vio al fantasma, alcanzó sus cosas y salió corriendo.

Al día siguiente por la noche, muy tarde, llegó una mujer. Nuevamente todas las habitaciones estaban ocupadas excepto la habitación embrujada.

—Dormiré en ella —dijo—. No me asustan los fantasmas.

Tan pronto como se metió en la cama, el fantasma salió del armario. Sus dedos seguían sangrando y gemía:

—¡Dedos ensangrentados! ¡Dedos ensangrentados!

La mujer lo miró y salió corriendo.

Una semana más tarde llegó otro huésped a altas horas de la noche. También él ocupó la habitación embrujada. Después de deshacer el equipaje, sacó su guitarra y empezó a tocar. Al poco apareció el fantasma: como en los otros casos, sus dedos sangraban y gemía:

—¡Dedos ensangrentados! ¡Dedos ensangrentados!

El hombre no le prestó atención y siguió haciendo acordes en su instrumento. Pero el fantasma siguió gimiendo y sus dedos siguieron sangrando.

Por último el guitarrista levantó la cabeza y dijo:

—¡Ya está bien, hombre! ¡Ponte un vendaje!

Abreviaturas

CFQ	California Folklore Quarterly
HF	Hoosier Folklore
HFB	Hoosier Folklore Bulletin
IF	Indiana Folklore
JAF	Journal of American Folklore
KFQ	Kentucky Folklore Quarterly
MFA	Maryland Folklore Archive, Universidad de Maryland, College Park, Md.
NEF	Northeast Folklore
NMFR	New Mexico Folklore Record
NYFQ	New York Folklore Quarterly
PTFS	Publicación de Texas Folklore Society
RU	Colección de folklore del compilador, aportada por sus estudiantes de Rutgers University, New Brunswick, N.J., 1963-78
SFQ	Southern Folklore Quarterly
UMFA	Folklore Archive de la Universidad de Massachusetts, Amherst, Mass.
WSFA	Wayne State University Folklore Archive, Detroit, Mich.

Notas

Historias para saltar. Hay docenas de historias "para saltar", pero hoy sólo dos son ampliamente conocidas. Una es "El dedo gordo del pie", que aparece en el Capítulo 1 y que se cuenta por el sureste de Estados Unidos. La otra es "El brazo de oro" de la que procede "El dedo gordo del pie".

En "El brazo de oro" un hombre se casa con una mujer que lleva un brazo de oro maravillosamente fabricado. Cuando la mujer muere, el viudo lo roba de su tumba, lo que hace que el fantasma de la muerta vuelva a reclamarlo. En algunas variantes, roba un corazón de oro, un pelo de oro o unos ojos de diamantes. O un órgano natural, por lo general el hígado o el corazón, que él se come en el transcurso de un episodio de canibalismo.

"El dedo gordo del pie" es un cuento norteamericano. "El brazo de oro", aunque muy popular en Estados Unidos, tiene antecedentes ingleses y alemanes. Los hermanos Grimm publicaron una versión a principios del siglo XIX, pero la historia es anterior a ese periodo.

Mark Twain solía contar el "El brazo de oro" en sus apariciones públicas. A continuación citamos algunos de los consejos que ofrecía cuando se llegaba a las líneas finales del cuento. Sirven también para contar "El dedo gordo del pie".

Debes decir: "¿Quien tiene mi brazo de oro?", muy gemebunda y acusadoramente; entonces (pausa) miras fija e intensamente a la cara de... preferiblemente una chica, y dejas que esa pausa aterrorizante se convierta en un momento de respiraciones en suspenso. Cuando llega su punto culminante, salta repentinamente junto la chica y grita: "¡Lo tienes tú!".

Si has manejado bien la pausa, la chica soltará un gritito y dará un salto tal que se le saldrán los zapatos…

Hay tres formas diferentes de contar estas historias para saltar. En el Capítulo 1 hay dos. En la tercera forma el fantasma vuelve para recuperar lo que ha sido robado. Fingiendo inocencia, el ladrón de tumbas pregunta lo que ha sido de distintas partes de cuerpo del fantasma. A cada una de las preguntas el fantasma contesta: "todo se ha consumido y ha desaparecido". Cuando el ladrón menciona la parte del cuerpo que ha sido robada al fantasma, gritas: "¡Lo tienes!". Véase Botkin, American, pp. 502-503; Burrison; Roberts, *Old Greasybeard*, pp. 33-36; Stimson, JAF 58: 126.

Fantasmas. Prácticamente todas las culturas comparten, en mayor o menor grado, creencias sobre el regreso de los muertos. Se dice que vuelven por diferentes razones: sus vidas concluyeron antes de su "tiempo asignado", no fueron enterrados de manera adecuada, tenían asuntos importantes que terminar o una determinada responsabilidad a la que hacer frente, o deseaban castigar a alguien o vengarse. Otras posibles razones eran querer consolar o aconsejar a alguien u obtener perdón.

Se dice que algunos fantasmas vuelven con forma humana. En realidad su aspecto puede ser exactamente el mismo que tuvieron cuando estaban vivos, y la gente con la que entran en contacto ignoran que sean fantasmas.

Uno de los "fantasmas vivientes" más conocido es la autostopista fantasmal o que se desvanece. Por lo general suele ser a una hora tardía de la noche cuando ella se presenta ante un conductor. Está de pie en la esquina de una calle o a un lado de la calzada y solicita que la lleven a casa.

Se sienta en el asiento trasero del coche. Pero cuando el conductor llega a la dirección que ella le ha dado, se encuentra con que la mujer ha desaparecido. Cuando habla con la familia de la autostopista, le cuentan que murió una noche, varios años antes, en el mismo lugar donde él la había recogido.

En el Capítulo 2 hay dos cuentos sobre fantasmas vivientes: "Los invitados" y "Frío como el hielo".

Algunos de los que mueren y regresan lo hacen bajo la forma de animales, especialmente de perros. Otros fantasmas tienen, en ocasiones, una calidad espectral o aparecen en forma de bola de fuego o de luz movediza, o se hacen presentes mediante sonidos o acciones que realizan, como cerrar de golpe una puerta, agitar una llave en una cerradura o desplazar muebles. Se ha informado también de fantasmas de animales, así como de espectros de objetos tales como escopetas, botas, rifles, trenes y coches asociados con muerte.

Los fantasmas de los seres humanos hacen muchas de las cosas que puede hacer cualquier ser humano. Comen, beben, montan en trenes o autobuses, tocan el piano o van de pesca. También se ríen, lloran, gritan, susurran y hacen todo tipo de ruidos.

Cuando ha realizado aquello para lo que volvió, lo más probable es que el fantasma regrese a su tumba. Pero, en ocasiones, esto puede exigir la ayuda de una persona, como un pastor o un sacerdote que tenga experiencia en "aquietar" fantasmas, es decir, en procurarles las condiciones para que al fin puedan descansar.

Si deseas ver u oír un fantasma hay ciertos métodos recomendables: mira por encima de tu hombro izquierdo; mira a través de cualquiera de las orejas de una mula; mírate a un espejo junto a otra persona; coloca seis platos completamente blancos en torno a una mesa y luego vete a un cementerio al mediodía y di en voz alta el nombre de alguien a quien una vez conociste que esté enterrado allí.

Si te encuentras con un fantasma, es aconsejable hablarle. Si lo haces puede que seas capaz de ayudarle a terminar lo que está haciendo y así pueda volver a su tumba. Lo más eficaz, en ocasiones, es que te dirijas al fantasma de este modo: "En el nombre de Dios (o en el nombre del Padre, del Hijo y del Espíritu Santo), ¿qué es lo que quieres?". También se dice que blandir una Biblia protege contra un fantasma vengativo y pone de manifiesto tu sinceridad.

Hay muchos fantasmas, sin embargo, que no son considerados peligrosos. Como señala la folclorista Maria Leach, "por lo general, un fantasma es un alma infeliz e inofensiva… que busca a alguien con la suficiente gentileza y comprensión para hablarle y para hacerle algún pequeño favor".

Véase Beardsley y Hankie, CFQ 1: 303-36; CFQ 2: 3-25; Creighton, pp. i-xi; Hole, pp. 1: 12; Gardner, p. 85; Leach, *Dictionary*, "Revenant", pp. 933-34; Leach, *Thing*, pp. 9-11.

La cosa. Este cuento describe un portavoz o vaticinador de la muerte. La advertencia llega en forma de una figura de esqueleto que aparece para dar caza a los personajes principales. En realidad, el esqueleto es un "sudario", una aparición que muestra a un ser viviente el aspecto que tendrá una vez muerto. Pero los vaticinadores de los que con más frecuencia se informa, se oyen, no se ven: producen sonidos como el cierre de una puerta o el tic-tac de un reloj. Véase Creighton, pp. 1-7, 69-70.

La casa embrujada. El cuento de una persona que es lo suficientemente valiente como para pasar una noche en una casa embrujada y que a menudo es recompensada por su coraje aparece una y otra vez en muchas partes del mundo. Hay muchas versiones de esta historia, pero el tema nunca cambia. En este libro hay cuatro variantes disparatadas de este cuento: "¡Átame 'sa mosca po' e' 'abo!", "La casa embrujada", "Esperemos hasta que Martín venga" y "El fantasma de los dedos ensangrentados".

El cuento es clasificado como Tipo 326 (el joven que deseaba saber lo que era el miedo). Véase Ives NEF 4: 61-67; Roberts, *Old Greasybeard*, pp. 72-74, 187; Roberts, *South*, pp. 35-38, 217-18.

La canción del coche fúnebre. Aunque son muchos los adultos familiarizados con esta canción, se conoce sobre todo en las escuelas primarias. Sin embargo, durante la Primera Guerra Mundial, la cantaban los soldados norteamericanos e ingleses. Una de sus versiones decía esto:

¿Has pensado al paso de la funeraria
que uno de estos días puedes palmarla?

Van a llevarte muerto en un ataúd negro,
van a enterrarte lejos, en algún cementerio.
… y los ojos se disuelven y se te caen los dientes
y llegan los gusanos con todos sus parientes
que te comen despacio, que te comen sin prisa
los dedos y las manos, las cejas, la barbilla.

Las palabras han cambiado notablemente desde entonces. Los gusanos juegan ahora al parchís y el pus sale como si fuera crema batida y se puede extender en pan.

Si la audiencia es infantil, es una canción de lo más truculenta, pero no tan espantosa. Un estudioso asocia el cambio de las palabras con un cambio de función. Durante la Primera Guerra Mundial, la canción servía para ayudar a los soldados a soportar el miedo que sentían. Actualmente ayuda a los niños a confirmar la realidad de la muerte, aunque mediante la sátira y el humor también la atenúa.

La canción forma parte de una antigua tradición poética. Durante la Edad Media muchos de los poemas escritos en los países europeos tenían por tema la muerte y la putrefacción. A continuación citamos unos versos de este tipo extraídos de un poema del siglo XII y traducidos del bajo inglés:

Un gusano muy malo mora en mi espalda,
mis ojos se han helado y no ven nada,
se han podrido mis tripas y mi pelo está verde,
y mis dientes hoy muestran la mueca de la muerte.

En esa época tales poemas podrían haber cumplido otra función, hacer que quien los oyera pensara en la vida ultraterrena. Véase Doyle, PTFS 40: 175-90; y para las dos versiones de la Primera Guerra Mundial de "La canción del coche fúnebre", véase Sandburg, p. 444.

El Wendigo. El Wendigo, o Windigo, es un espíritu femenino que personifica el frío mortal de los bosques primigenios. Aparece en el folclore de las tribus indias que viven en los bosques canadienses y en determinadas áreas de las zonas más septentrionales de Estados Unidos.

Según está leyenda el Wendigo atrae a sus víctimas llamándolas de un modo irresistible, luego las arrastra a gran velocidad y las eleva en el aire. Por último las deja caer. Donde antes habían estado los pies de sus víctimas hay ahora muñones helados. Al ser arrastrados gritan característicamente: "¡... ay mis pies de fuego, mis ardientes pies de fuego!". La única defensa contra el Wendigo es sujetar a la persona que ha sido llamada, aunque el espíritu intenta entonces atraer a quien intenta sujetar a la víctima. Véase Crowe NMFR 11: 22-23.

En la tradición de ciertas tribus septentrionales, el Wendigo no funciona como el espíritu del frío, sino como un caníbal gigantesco que mata a seres humanos para devorar su carne. Ciertos indios decimonónicos sufrían también la compulsión de comer carne humana, una enfermedad que los antropólogos definieron posteriormente como la "psicosis Wendigo". Véase Speck, JAF 48: 81-82; Brown, *American Anthropologist* 73: 20-21.

Leyendas y creencias. Las historias del Capítulo 4 no son difíciles de creer. Tratan de gente corriente y describen incidentes que no parecen muy alejados del ámbito de lo posible.

Pero se informa de los mismos incidentes una y otra vez en diferentes sitios y en distintas partes del país. Y nunca es posible rastrear estas historias hasta llegar a sus protagonistas verdaderos. Lo más que se puede acercar uno es a un informador que conocía alguien que a su vez conoció a los protagonistas.

(La única excepción conocida se ocupa de la leyenda de un "coche de la muerte", un automóvil de último modelo que era vendido por casi nada a causa de un olor a muerto que no podía eliminarse. El folclorista Richard M. Dorson rastreó los orígenes de esta historia hasta Mecosta, Michigan, donde el incidente ocurrió en 1938).

La mayoría de estas historias son expresión de la ansiedad que la gente siente sobre determinados aspectos de sus vidas. Evolucionan a partir de incidentes y rumores y refuerzan estos miedos, en torno a los cuales se construyen las historias.

Estas leyendas modernas son descritas por los folcloristas como "leyendas migratorias de creencias". Son "migratorias" en el sentido de que no se vinculan con localidades específicas, como suele ser el caso de las leyendas tradicionales. Se encuentran entre las formas más vigorosas del folclore moderno.

Todas las historias del Capítulo 4 son leyendas de creencias acerca de los peligros a los que puede enfrentarse una persona joven. La historia "Sitio para uno más" del Capítulo 3 es otra leyenda de creencias. Su tema es sobrenatural, pero se han dado versiones distintas en diversas localidades de Estados Unidos y de las Islas Británicas.

Estas leyendas son también acerca de la violencia, del horror, de las amenazas que plantea la tecnología, la contaminación de los alimentos, las relaciones con amigos y parientes, la vergüenza y otras fuentes de ansiedad.

Circulan de boca en boca, pero en ocasiones los medios de comunicación de masas agregan material que puede contribuir a extenderlas. Véase Brunvand, American, pp. 110-12; Brunvand, *Urban American Legends*; Dégh, "Belief Legend" pp. 56-68.

El vestido de noche de satén blanco. En la antigua Grecia se conocían dos versiones de esta historia. Hércules muere al ponerse una túnica de su esposa que estaba envenenada con la sangre de su rival, el centauro Neso. Medea envía como obsequio una túnica envenenada a Creusa, la mujer que su antiguo marido, Jasón, pretende desposar. Cuando Creusa se prueba la túnica, muere. Véase Himelick, HF 5: 83-84.

Fuentes

A continuación se informa de la fuente de cada una de las historias junto con variantes registradas y con otras informaciones pertinentes. Y, siempre que es posible, se mencionan los nombres de quienes han recogido las historias (C) y de los informantes (I). Las publicaciones citadas se describen en la Bibliografía.

COSAS EXTRAÑAS Y TERRORÍFICAS

Había un hombre que vivía...: el príncipe Mamilio comienza a contar esta historia en el acto II, escena I, de *El cuento de invierno*. Las líneas citadas se han retocado ligeramente por hacerlas más comprensibles. Véase Shakespeare, p. 1107.

¡AAAAAAAAH!

El dedo gordo del pie. Variante del cuento del mismo nombre, una historia tradicional muy extendida por el sur de Estados Unidos. La aprendí mientras servía en la Marina norteamericana durante la Segunda Guerra Mundial. Mi informante fue un marinero de Virginia. Las historias han sido contadas de memoria. En cuanto a los paralelismos, véase Boggs, JAF 47: 296; Chase, *American*, pp. 57-59; Chase, *Grandfather*, pp. 22-26; Kennedy, PTFS 6: 41-42; Roberts, *South*, pp. 52-54.

La caminata. (I) Edward Knowlton, Stonington, Maine, 1976. Como relato paralelo, véase "Mi tío Sandy", un

---

104

cuento escocés que termina con la palabra de salto ¡GUÁ! En Briggs, *Dictionary*, parte A, vol. 2, p. 542.

¿A qué has venido? Es una versión de un cuento que se narra en Norteamérica y en las Islas Británicas. Véase Bacon, JAF 35: 290; Boggs, JAF 47: 296-97. Véase en Chambers, pp. 64-65, se incluye una versión escocesa del siglo XIX titulada "El extraño visitante".

¡Átame 'sa mosca po' e' 'abo! Esta historia es una recreación de una historia de Kentucky recogida por Herbert Halpert en Blomington, Indiana, en 1940. La informante fue la señora Otis Milby Melcher. Véase HFB 1: 9-11 para leer la transcripción del Dr. Halpert del cuento y una entrevista con la informante. La historia aparece bajo el título "El perro a manchas y la cabeza ensangrentada", y se ha ampliado ligeramente en línea con las sugerencias publicadas de la informante. También el final se ha modificado ligeramente. En el final original el narrador hace una pausa después de que el perro muere y entonces grita "¡BUU!". Varios niños que escucharon la historia no creyeron que el final fuera terrorífico. Bill Tucker de doce años y Billy Green también de doce de Bangor Maine sugirieron el cambio. Motivo: H. 1411.1 (prueba terrorífica: permanecer en una casa embrujada en la que un cadáver baja a trozos por la chimenea). Hay cuentos relacionados sobre casas embrujadas en véase Boggs, JAF 47: 296-97; Ives, NEF 4: 61; Randolph, *Turtle*, pp. 22-23; Roberts, *South*, pp. 35-38. En este libro véase "La casa embrujada".

Un hombre que vivía en Leeds. (I) Tom O'Brien, San Francisco, 1975. El informante lo aprendió de su padre inglés en los últimos años del siglo XIX o en los primeros del XX. En Blakesborough, p. 258, se cita un paralelo inglés.

Una anciana que era sólo piel y huesos. una canción y un cuento tradicionales de Norteamérica y de las Islas Británicas. Para variantes, véanse Belden, pp. 502-503; Chase, *American*, p. 186; Cox, *Folk-Songs*, pp. 482-83; Flanders, 180-81; Stimson, JAF 58: 126.

OYÓ PASOS QUE SUBÍAN POR LAS ESCALERAS DEL SÓTANO...

La cosa. Esta historia sobre un vaticinador de la muerte se basa en una narración incluida en un libro de Helen Creighton, *Fantasmas de nariz azul*, pp. 4-6.

Frío como el hielo. Este cuento se narra tanto en Norteamérica como en Inglaterra. Se basa en la balada inglesa "El milagro de Suffolk". Véase Child, vol. 5, núm. 272, p. 66. Gainer, pp. 62-63 cita el texto del cuento tal como se narraba en Virginia. Motivo: E. 210 (el malevolente regreso del amante muerto).

El lobo blanco. Esta historia es una recreación de un incidente del que informa Ruth Ann Musick en *El lilo delator y otras historias de fantasmas de West Virginia*, pp. 134-35. (I) Lester Tinnell, French Creek, West Virginia, 1954. Motivos: E. 423.2.7 (reencarnación como lobo); E. 320 (regreso de los muertos para infligir castigo).

La casa embrujada. Esta historia fue comunicada por Richard Chase en *Cuentos y canciones folclóricos norteamericanos*, pp. 60-63. Lo recogió en Wise County, Virginia, con anterioridad a 1956. Se ha abreviado ligeramente para mayor claridad.

Los invitados. Esta historia se ha contado en muchos lugares. En cierta época era bien conocida en el área que rodea Albany, Nueva York. La versión de este libro se basa en dos fuentes: la recogida por mi esposa, Barbara Carmer Schwartz, que creció en el área de Albany, y en una narración en la que da cuenta Louis C. Jones en *Cosas que resuenan en la noche*, pp. 76-78. La informante del Dr. Jones fue Sunna Cooper.

TE COMEN LOS OJOS, TE COMEN LA NARIZ

La canción del coche fúnebre. Variante de una tradicional, Brooklyn, Nueva York, 1940-1950. Para una compilación de variantes véase Doyle, PTFS 40: 175-90.

La muchacha que pisó una tumba. Es una versión de un antiguo cuento muy conocido en Estados Unidos y en las Islas Británicas. En otras versiones la víctima es atravesada por un palo, una vara, una bandera de croquet, una espada o un tenedor. Véase Boggs, JAF 47: 295-96; Roberts, *South*, 136-37; Montell, 200-201. Motivos: H.1416.1 (test de miedo: visitar un cementerio por la noche); N.334 (accidente con muerte como final de un juego o de una broma).

Un caballo nuevo. Este cuento de brujas ha sido contado a lo largo y a lo ancho del mundo. La versión que presenta este libro se basa en un cuento de las montañas de Kentucky del que informa Leonard Roberts. En esa versión, el viejo agarra una escopeta y le vuela la cabeza a su mujer tras darse cuenta de que es una bruja. Véase Roberts, *Up Cutshin*, pp. 128-29.

Cocodrilos. Esta historia se basa en un cuento comunicado por Vance Randolph como "La historia del cocodrilo" en *Sticks in the Knapsack*, pp. 22-23. La recogió de una anciana en Willow Springs, Missouri, en agosto de 1939.

Sitio para uno más. RU, 1970. Esta leyenda ha circulado durante muchos años en Estados Unidos y en las Islas Británicas. Briggs, *Dictionary*, vol. 2, pp. 545-46, 575-76 ofrece dos versiones inglesas.

El Wendigo. Este cuento indio es también una historia de campamento bien conocida en la zona noreste de los Estados Unidos. Ha sido adaptada de una versión que el profesor Edward M. Ives de la Universidad de Maine me contó. La oyó por primera vez en los años treinta del siglo XX cuando pasaba unos días en Camp Curtis Reap, un campamento de los Boy Scouts cerca de Mahopac, Nueva York. El escritor inglés Algernon Blackwood escribió una versión literaria de este cuento a la que tituló también "El Wendigo"; puede verse en Davenport, pp. 1-58. El nombre Défago, que se usa en la adaptación citada, está tomado de esta historia.

Los sesos del muerto. El primer párrafo de la historia, MFA, 1975. El resto es tan conocido que no se basa en ninguna versión especial.

¿Te puedo llevar la cesta? (I) Tom O'Brien, San Francisco, 1976. Esta es una historia del hombre del saco que el informante oyó de su padre inglés aproximadamente en los últimos años del siglo XIX o principios del XX.

Briggs, *Dictionary*, vol. 1, p. 500, ofrece una variante muy parecida. Véase también Nutall, JAF 8: 122, para una referencia a un antiguo cuento de los indios mexicanos que trata de un cráneo humano que persigue a transeúntes, que se para cuando se paran y que corre cuando ellos lo hacen.

OTROS PELIGROS

El garfio. Esta leyenda es muy conocida, especialmente en los campus universitarios; esta versión no se basa en ninguna variante en particular. Hay paralelismos en Barnes, SFQ 30: 310; Enrich, p. 333; Fouke, p. 263; Parochetti, KFQ 10: 49; Thigpen, IF 4: 183: 86.

El vestido de noche de satén blanco. Se ha informado de versiones de este cuento en diferentes áreas de Estados Unidos, especialmente en el medio oeste. Esta versión se basa en distintas variantes. Véase Halpert, HFB 4: 19-20, 32-34; Reaver, NYFQ 8: 217-20.

Luces largas. Esta versión se basa en un informe de Carlos Drake en IF 1: 107-109. Hay versiones paralelas en Cord, IF 2: 49-52; Parochetti, KFQ 10: 47-49. En una variante que recogí en Waverly, Iowa, una mujer se detiene para poner gasolina en una estación de servicio en un barrio muy peligroso. El empleado nota que un hombre se esconde en el asiento trasero. Toma el dinero de la mujer pero no le devuelve el cambio. Después de esperar varios minutos, la mujer entra en la gasolinera para recoger la vuelta. El empleado le revela la presencia del hombre y ella llama a la policía.

La niñera. Jeff Rosen, de dieciséis años, Jenkintown, Pennsylvania, 1980. Según una versión muy extendida, el intruso es capturado por la policía después de que los niños fueron encontrados en sus camas, asesinados. La niñera escapa. Véase Fouke, p. 264. En 1979 se estrenó una película noorteamericana basada en este tema, *When a Stranger Calls*.

¡¡AAAAAAAAAAAH!!

El exterminador. (I) Leslie Kush, Philadelphia, 1980. Véase Knapp, p. 247, para una versión paralela.

El ático. Recogido por el compilador. En una variante el cazador tiene dos niños que desaparecen. Decide buscarlos en el ático, y grita cuando abre la puerta. Véase Leach, *Rainbow*, pp. 218-19.

El eslideri-di. UMFA, (C) Andrea Lagoy; (I) Jackie Lagoy, Leomister, Massachusetts, 1972.

Los huesos de Aarón Kelly. Esta historia es una versión de un cuento recogido en la costa de Carolina del Sur antes de 1943. Fue recogido por John Bennett. Informó del cuento con el título "Daid II", en *The Doctor to the Dead*, pp. 249-52. Sus informantes fueron Sarah Rutledge y Epsie Meggett, dos mujeres de color que le contaron la historia en dialecto Gullah. Motivo: E.410 (la tumba inquieta).

Esperemos hasta que Martín venga. Recreación de un cuento tradicional folclórico negro que ha circulado en la parte suroriental de los Estados Unidos. En ciertas versiones el gato espera a "Emmett", "Patience", o "Whalem-Balem", en lugar de Martín. Véase Pucket, p. 132; Cox, JAF

47: 352-55; Fauset, JAF 40: 258-59; Botkin, *American*, p. 711.

El fantasma de los dedos ensangrentados. WSFA, (C) Ramona Martin, 1973. En una variante el fantasma es un monstruo que mata a todo aquel que ocupa la habitación embrujada de un hotel excepto a un hippie que toca la guitarra. Véase Vlach, IF 4: 100-101.

Bibliografía

Libros

Beck, Horace P. *The Folklore of Maine.* Philadelphia: J.B. Lippincott Co., 1957.

Belden, Henry M. *Ballads and Songs Collected by the Missouri Folklore Society*, vol. 15, Columbia, Mo.: University of Missouri, 1940.

Bennett, John. *The Doctor to the Dead: Grotesque Legends & Folk Tales of Old Charleston.* New York: Rinehart & Co., 1943.

Bett, Henry. *English Legends.* London: B. T. Batsford, 1952.

Blackwood, Algernon. "The Wendigo". En Basil Davenport, *Ghostly Stories to Be Told.* New York: Dodd, Mead & Co., 1950.

Blakeborough, Richard. *Wit, Character, Folklore & Customs of the North Riding of Yorkshire.* Salisbury-by-the-Sea, England: W. Rapp & Sons, 1911.

Bontemps, Arna, and Langston Hughes. *The Book of Negro Folklore.* Nueva York: Dodd. Mead & Co., 1958.

Botkin, Benjamin A., ed. *A Treasury of American Folklore.* Nueva York: Crown Publishers, 1944.

——, ed. *A Treasury of New England Folklore.* Nueva York: Crown Publishers, 1965.

——, ed. *A Treasury of Southern Folklore.* Nueva York: Crown Publishers, 1949.

Briggs, Katherine M. *A Dictionary of British Folk-Tales*. 4 vols. Bloomington, Ind: Indiana University Press, 1967.

Brunvand, Jan H. *The Study of American Folklore*. Segunda ed. Nueva York: W. W. Norton & Co., 1978.

——. *Urban American Legends*. Nueva York: W. W. Norton & Co., 1980.

Burrison, John A. *"The Golden Arm": The Folk Tale and Its Literary Use by Mark Twain and Joel C. Harris*. Atlanta: Georgia State College School of Arts and Sciences Research Paper, 1968.

Cerf, Bennett. *Famous Ghost Stories*. Nueva York: Random House, 1944.

Chambers, Robert. *Popular Rhymes of Scotland*. London, Edinburgh: W. & R. Chambers, 1870. Reimpresión, Detroit: Singing Tree Press, 1969.

Chase, Richard, ed. *American Folk Tales and Songs*. Nueva York: New American Library of World Literature, 1956. Reimpresión, New Dover Publications, 1971.

——, ed. *Grandfather Tales*. Boston: Houghton Mifflin Co., 1948.

Cox, John H. *Folk-Songs of the South*. Cambridge, Mass.: Harvard University Press, 1925.

Creighton, Helen. *Bluenose Ghosts*. Toronto: Ryerson Press, 1957.

Dégh, Linda. "The 'Belief Legend' in Modern Society: Form, Function, and Relationship to Other Genres". In Wayland D. Hand, ed., *American Folk Legend, A Symposium*. Berkeley, Cal.: University of California Press, 1971.

Dorson, Richard M. *American Folklore.* Chicago: University of Chicago Press, 1959.

Flanders, Helen H., and George Brown. *Vermont Folk-Songs & Ballads.* Brattleboro, Vt.: Stephen Daye Press, 1932.

Fowke, Edith. *Folklore of Canada.* Toronto: McClelland and Stewart, 1976.

Gainer, Robert W. *Folklore of the Southern Appalachians.* Grantsville, W. Va.: Seneca Books, 1975.

Gardner, Emelyn E. *Folklore from the Schoharie Hills,* Nueva York. Ann Arbor. Mich.: University of Michigan Press, 1937.

Halliwell-Phillips, James O. *The Nursery Rhymes of England.* Londres: Warner & Company, 1842.

Harris, Joel Chandler. *Nights With Uncle Remus: Myths and Legends of the Old Plantation.* Boston: Houghton Mifflin Co., 1882.

Hole, Christina. *Haunted England: A Survey of English Ghost-Lore.* Londres: B.T. Batsford, 1950.

James, M. R. *The Collected Ghost Stories of M. R. James.* Londres: Edward Arnold & Co., 1931.

Johnson, Clifton. *What They Say in New England and Other American Folklore.* Boston: Lee and Shepherd, 1896. Reimpresión, Carl A. Withers, ed. Nueva York: Columbia University Press, 1963.

Jones, Louis C. *Things That Go Bumpin the Night.* Nueva York: Hill and Wang, 1959.

Knapp, Mary and Herbert. *One Potato, Two Potato: The Secret Education of American Children.* Nueva York: W.W. Norton & Co., 1976.

Leach, Maria. *Rainbow Book of American Folk Tales and Legends*. Cleveland and Nueva York: World Publishing Co., 1958.

——, ed. "Revenant". *Standard Dictionary of Folklore, Mythology and Legend*. Nueva York: Funk & Wagnalls Publishing Co., 1972.

——. *The Thing at the Foot of the Bed and Other Scary Stories*. Cleveland and Nueva York: World Publishing Co., 1959.

——. *Whistle in the Graveyard*. Nueva York: The Viking Press, 1974.

Montell, William M. *Ghosts Along the Cumberland: Deathlore in the Kentucky Foothills*. Knoxville, Tenn.: University of Tennessee Press, 1975.

Musick, Ruth Ann. *The Telltale Lilac Bush and Other West Virginia Chost Tales*. Lexington, ky.: University of Kentucky Press, 1965.

Opie, Iona and Peter. *The Lore and Language of Schoolchildren*. Londres; Oxford University Press, 1959.

——. *The Oxford Dictionary of Nursery Rhymes*. Oxford, England: Clarendon Press, 1951.

Puckett, Newbell N. *Folk Beliefs of the Southern Negro*. Chapel Hill, N.C.: University of North Carolina Press, 1926.

Randolph, Vance. *Ozark Folksongs*. Columbia, Mo.: State Historical Society of Missouri, 1949.

——. *Ozark Superstitions*. Nueva York: Columbia University Press, 1947. Reimpresión, *Ozark Magic and Folklore*. Nueva York: Dover Publications, 1964.

———. *Sticks in the Knapsack and Other Ozark Folk Tales*. Nueva York: Columbia University Press, 1958.

———. *The Talking Turtle and Other Ozark Folk Tales*. Nueva York: Columbia University Press, 1957.

Roberts, Leonard. *Old Greasybeard: Tales from the Cumberland Gap*. Detroit: Folklore Associates, 1969. Reimpresión, Pikeville, Ky.: Pikeville College Press, 1980.

———. *South from Hell-fer-Sartin*: Kentucky Mountain Folk Tales. Lexington, Ky.: University of Kentucky Press, 1955. Reimpresión, Pikeville, Ky.: Pikeville College Press, 1964.

———. *Up Cutshin and Down Greasy: The Couches' Tales and Songs*. Lexington, Ky.: University of Kentucky Press, 1959. Reimpreso como *Sang Branch Settlers: Folksongs and Tales of an Eastern Kentucky Family*, Pikeville, Ky.: Pikeville Collegge Press, 1980. Sandburg, Carl. The American Songbag. Nueva York: Harcourt, Brace & Co., 1927.

Shakespeare, William. *The Works of William Shakespeare*. Nueva York: Oxford University Press, 1938.

White, Newman I. *American Negro Folk-Songs*. Cambridge, Mass.: Harvard University Press, 1928.

Artículos
Bacon, A.M., y Parsons, E.C. "Folk-Lore from Elizabeth Cith County, Va". JAF 35 (1922): 250-327.

Barnes, Daniel R. "Some Functional Horror Stories on the Kansas University Campus". SFQ 30 (1966): 305-12.

Beardsley, Richard K., and Hankey, Rosalie. "The Vanishing Hitchhiker". CFQ 1 (1942): 303-36.

——. "The History of the Vanishing Hitchhiker". CFQ 2 (1943): 3-25.

Boggs, Ralph Steele. "North Carolina White Folktales and Riddles". JAF 47 (1934): 289-328.

Brown, Jennifer. "The Cure and Feeding of Windigo: A Critique". *American Anthropologist* 73 (1971): 20-21.

Cord, Xenia E. "Further Notes on The Assailant in the Back Seat". IF 2 (1969): 50-54.

Cox, John H. "Negro Tales from West Virginia". JAF 47 (1934): 341-57.

Crowe, Hume. "The Wendigo and the Bear Who Walks". NMFR 11 (1963-64): 22-23.

Dégh, Linda. "The hook and Boy Friend's Death", IF 1 (1968): 92-106.

Dorson, Richard. "The Folklore of Colleges". *The American Mercury* 68 (1949): 671-77.

——. "The Runaway Grandmother". IF 1 (1968): 68-69.

——. "The Roommate's Death and Related Dormitory Stories in Formation". IF 2 (1969): 55-74.

Doyle, Charles Clay. "'As the Hearse Goes By': The Modern *Child's Memento Mori*". PTFS 40 (1976): 175-90.

Drake, Carlos. "The Killer in the Back Seat". IF 1 (1968): 107-109.

Fauset, Arthur Huff. "Tales and Riddles Collected in Philadelphia". JAF 41 (1928): 529-57.

Halpert, Herbert. "The Rash Dog and the Boody Head". HFB 1 (1942): 9-11.

Himelick, Raymond. "Classical Versions of The Poisoned Garment". HF 5 (1946): 83-84.

Ives, Edward D. "The Haunted House and the Headless Ghost". NEF (1962): 61-67.

Jones, Louis C. "Hitchhiking Ghosts of Nueva York". CFQ 4 (1945): 284-92.

Kennedy, Ruth. "The Silver Toe". PTFS 6 (1927): 41-42.

Nuttall, Zelia. "A Note on Ancient Mexican Folk-Lore". JAF 8(1895): 117-29.

Parochetti, JoAnn Stephens. "Scary Stories from Purdue". KFQ 10(1965): 49-57.

Parsons, Elsie Crews "Tales from Guilford Country, North Carolina". JAF 30 (1917): 168-208.

Randolph, Vance. "Tales from Arkansas". JAF 65 (1952): 159-66.

Reaver, J. Russell. "Embalmed Alive: A Developing Urban Ghost Tale". NYFQ 8 (1952): 217-20.

Speck, Frank G. "Penobscot Tales and Religious Beliefs. " JAF 48 (1935): 1-107.

Stewart, Susan. "The Epistemology of the Scary Story". Artículo universitario en proceso de elaboración, 1980.

Stimson, Anna K. "Cries of Defiance and Derision, and Rhythmic Chants of West Side Nueva York City (1893-1903)". JAF 58 (1945): 124-29.

Theroux, Paul. "Christmas Ghosts". *The New York Tomes Book Review* (Dec. 23, 1979): 1,15.

Thigpen, Kenneth A., Jr. "Adolescent Legends in Brown Country: A Survey". IF 4 (1971): 183-207.

Vlach, John M. "One Black Eye and Other Horrors: A Case for the Humorous Anti-Legend". IF 4 (1971): 95-124.

Agradecimientos

Las siguientes personas me ayudaron a preparar este libro: Kendall Brewer, Frederick Seibert Brewer III, y especialmente Shawn Barry, quien se sentó conmigo en lo alto de un granero en Maine y me contó historias de miedo.

Los Boy Scouts del Campamento Roosevelt en East Eddington Maine, que me contaron historias de miedo.

Distintos folcloristas que compartieron conmigo su conocimiento y sus fuentes académicas, especialmente Kenneth Goldstein de la Universidad de Pensilvania, Edward D. Ives de la Universidad de Maine, y Susan Stewart de la Temple University.

Otros estudiosos cuyos artículos y colecciones fueron importantes fuentes de información:

Los bibliotecarios de la Universidad de Maine (Orono), la Universidad de Pensilvania, la Universidad de Princeton, y los archivos de folclore consignados en la página 94.

Mi esposa Barbara, que realizó la anotación musical de los capítulos 1 y 3, llevó a cabo la investigación bibliográfica, y contribuyó de muchas otras formas.

Les doy las gracias a todos y a cada uno de ellos.

A. S.